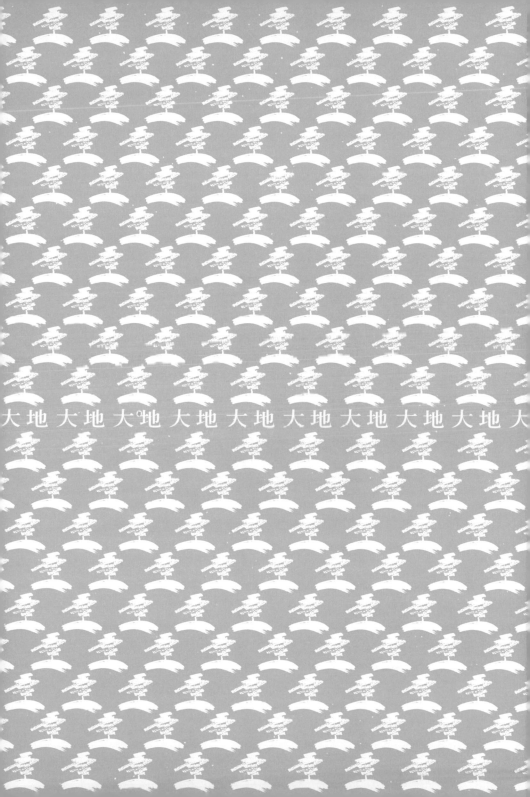

日本作家たちの童心

姚巧梅 編

目錄

でんでんむしの悲《かな》しみ（蝸牛的悲哀）

一《いっ》ぴきのでんでんむしがありました。

ある日《ひ》、そのでんでんむしは、たいへんなことに、気《き》がつきました。

「わたしは今《いま》まで、うっかりしていたけれど、わたしのせなかのからの中《なか》には、悲《かな》しみがいっぱい、つまっているではないか。」

この悲《かな》しみは、どうしたらよいでしょう。

でんでんむしは、お友《とも》だちのでんでんむしのところに、やっていきました。

「わたしは、もう、生《い》きていられません。」

と、そのでんでんむしは、お友《とも》だちにいいました。

「なんですか。」

と、お友《とも》だちのでんでんむしは聞《き》きました。

「わたしは、なんという、ふしあわせなものでしょう。わたしのせなかのからの中《なか》には、悲《かな》しみがいっぱい、つまっているのです。」

と、はじめのでんでんむしが、話《はな》しました。すると、お友《とも》だちのでんでんむしはいいました。

「あなたばかりではありません、わたしのせなかにも、悲《かな》しみはいっぱいです。」

それじゃしかたがないと思《おも》って、はじめのでんでんむしは、べつのお友《とも》だちのところへいきました。

すると、そのお友《とも》だちもいいました。

「あなたばかりじゃありません。わたしのせなかにも、悲《かな》しみはいっぱいです。」

そこで、はじめのでんでんむしは、またべつの、お友《とも》だちのところへいきました。

こうして、お友《とも》だちをじゅんじゅんにたずねていきましたが、どの友《とも》だちも、同《おな》じことをいうのでありました。

とうとう、はじめのでんでんむしは、気《き》がつきました。

「悲《かな》しみは、だれでも持《も》っているのだ。わたしばかりではないのだ。わたしは、わたしの悲《かな》しみを、こらえていかなきゃならない。」

そして、このでんでんむしは、もう、なげくのをやめましたのであります。

日本作家たちの童心　・8・

がちょうのたんじょう日《び》（鵝的生日）

あるお百姓家《ひゃくしょうや》のうら庭《にわ》に、あひるや、がちょうや、モルモットや、うさぎや、いたちなどが、すんでおりました。

さて、ある日《ひ》のこと、がちょうのたんじょう日《び》というので、みんなはがちょうのところへ、ごちそうにまねかれていきました。

これで、いたちさえよんでくれば、みんなお客《きゃく》がそろうわけですが、さて、いたちはどうしましょう。

みんなは、いたちはけっして、悪者《わるもの》ではないことを、知《し》っておりました。けれど、いたちにはたった一《ひ》つ、よくないくせがありました。それは、おおぜいの前《まえ》では、いうことができないような、くせでありました。何《なに》かと申《もう》し

ますと、ほかでもありません。大《おお》きな、はげしいおならをすることでありま
す。

しかし、いたちだけをよばないと、いたちはきっと、おこるにちがいあり
ません。そこでうさぎが、いたちのところへ、使《つか》いにやっていきました。

「きょうは、がちょうさんのたんじょう日《び》ですから、おでかけください。」

「あ、そうですか。」

「ところで、いたちさん。ひとつ、おねがいがあるのですが。」

「なんですか」

「あの、すみませんが、きょうだけは、おならをしないでください。」

いたちははずかしくて、顔《かお》を真《ま》っ赤《か》にしました。そして、

「ええ、けっしてしません。」

と、答《こた》えました。

そこで、いたちはやっていきました。

いろいろなごちそうが出《で》ました。おからや、にんじんのしっぽや、うりの皮《かわ》やおぞうすいや。

みんなは、たらふく食《た》べました。いたちもごちそうになりました。みんなは、いいぐあいだと思《おも》っていました。いたちが、おならをしなかったからであります。

しかし、とうとう、たいへんなことが起《お》こりました。いたちがとつぜん、ひっくり返《かえ》って、気《き》ぜつしてしまったのです。

さあ、たいへん。さっそくモルモットのお医者《いしゃ》が、いたちのぽんぽこにふくれたおなかを、しんさつしました。

「みなさん。」

と、モルモットは、心配《しんぱい》そうにしている、みんなの顔《かお》を見回《みまわ》して、いいました。

「これはいたちさんが、おならをしたいのを、あまりがまんしていたので、こんなことになったのです。これをなおすには、いたちさんに、おもいきり、おならをさせるよりしかたがありません。」

やれやれ、みんなのものは、ためいきをして、顔《かお》を見合《みあ》わせました。そして、やっぱりいたちは、よぶんじゃなかったと思《おも》いました。

けれどもまた、おならをするだけでなおる病気《びょうき》なら、たいへんおやすいことですから、みんなもやっと安心《あんしん》いたしました。

去年《きょねん》の木《き》（去年的樹）

一本《いっぽん》の木《き》と、一羽《いちわ》の小鳥《ことり》は、たいへんなかよしでした。小鳥《ことり》はいちんち、その木《き》のえだで、歌《うた》を歌《うた》い、木《き》はいちんちじゅう、小鳥《ことり》の歌《うた》を聞《き》いていました。

けれど、寒《さむ》い冬《ふゆ》が近《ちか》づいてきたので、小鳥《ことり》は木《き》からわかれて、いかねばなりませんでした。

「さようなら。また来年《らいねん》きて、歌《うた》を聞《き》かせてください。」

と、木《き》はいいました。

「ええ、それまで待《ま》っててね。」

と、小鳥《ことり》はいって、南《みなみ》の方《ほう》へとんでいきました。

春《はる》が、めぐってきました。野《の》や森《もり》から、雪《ゆき》が消《き》えていきました。小鳥《ことり》は、なかよしの去年《きょねん》の木《き》のところへ、また帰《かえ》っていきました。

ところが、これはどうしたことでしょう。木《き》は、そこにありませんでした。根《ね》っこだけがのこっていました。

「ここに立《た》ってた木《き》は、どこへいったの。」

と、小鳥《ことり》は根《ね》っこに聞《き》きました。根《ね》っこは、

「木《き》こりがおので打《う》ちたおして、谷《たに》の方《ほう》へ持《も》っていっちゃったよ。」

と、いいました。

小鳥《ことり》は、谷《たに》の方《ほう》へとんでいきました。

谷《たに》のそこには、大《おお》きな工場《こうば》があって、木《き》を切《き》る音《おと》が、びいーんびいーんとしていました。

鳥《とり》は、工場《こうば》の門《もん》の上《うえ》に止《と》まって、

「門《もん》さん、わたしのなかよしの木《き》は、どうなったか知《し》りませんか。」

と、聞《き》きました。門《もん》は、

「木《き》なら、工場《こうば》の中《なか》で、細《こま》かくきざまれて、マッチになって、あっちの村《むら》へ売《う》られていったよ。」

と、いいました。

小鳥《ことり》は、村《むら》の方《ほう》へとんでいきました。

ランプのそばに、女《おんな》の子がいました。そこで小鳥《ことり》は、

「もしもし、マッチをごぞんじじゃありませんか。」

と、聞《き》きました。すると、女《おんな》の子《こ》は、

「マッチは、もえてしまいました。けれど、マッチのともした火《ひ》が、まだこのランプにともっています。」

と、いいました。

小鳥《ことり》は、ランプの火《ひ》を、じっと見《み》つめておりました。

それから、去年《きょねん》の歌《うた》を歌《うた》って、火《ひ》に聞《き》かせてやりました。火《ひ》は、ゆらゆら

とゆらめいて、心《こころ》からよろこんでいるように見《み》えました。

歌《うた》を歌《うた》ってしまうと、小鳥《ことり》はまたじっと、ランプの火《ひ》を見《み》ていました。それから、どこかへとんでいってしまいました。

二《に》ひきのかえる（兩隻青蛙）

緑《みどり》のかえると、黄《き》色《いろ》のかえるが、畑《はたけ》の真《ま》ん中《なか》で、ぱったりいき会《あ》いました。

「やあ、きみは、黄《き》色《いろ》だね。きたない色《いろ》。」

と、緑《みどり》のかえるがいいました。

「きみは、緑《みどり》だね。きみはじぶんを、美《うつく》しいと思《むも》っているのかね。」

と、黄《き》色《いろ》のかえるがいいました。

こんなふうに話《はな》し合《あ》っていると、よいことは起《む》こりません。二《に》ひきのかえるは、とうとう、けんかを始《はじ》めました。

緑《みどり》のかえるは、黄《き》色《いろ》のかえるの上《うえ》に、とびかかっていきました。このかえるは、とびかかるのが、とくいでありました。

黄色《きいろ》のかえるは、後足《あとあし》ですなをけとげしましたので、相手《あいて》はたびたび、目玉《めだま》からすなを、はらわねばなりませんでした。

するとそのとき、寒《さむ》い風《かぜ》が、ふいてきました。

二《に》ひきのかえるは、もうすぐ、冬《ふゆ》のやってくることを、思《おも》い出《だ》しました。かえるたちは、土《つち》の中《なか》にもぐって、寒《さむ》い冬《ふゆ》をこさねばならないのです。

「春《はる》になったら、このけんかの、勝負《しょうぶ》をつけるよ。」

といって、緑《みどり》のかえるは、土《つち》にもぐりました。

「今《いま》いったことを、わすれるな。」

といって、黄色《きいろ》のかえるも、もぐりこみました。

寒《さむ》い冬《ふゆ》が、やってきました。かえるたちのもぐっている土《つち》の上《うえ》、びゅうびゅうと北風《きたかぜ》がふいたり、しも柱《ばしら》が立《た》ったりしました。

そして、それから春《はる》が、めぐってきました。

土《つち》の中《なか》に、ねむっていたかえるたちは、せなかの上《うえ》の土《つち》が、あたたかくなってきたので、わかりました。

はじめに、緑《みどり》のかえるが、目《め》をさましました。土《つち》の上《うえ》に、出《で》てみました。

まだ、ほかのかえるは、出《で》ていません。

「やいやい。起《お》きたまえ。もう、春《はる》だぞ。」

と、土《つち》の中《なか》に向《む》かって、よびました。

すると、黄色《きいろ》のかえるが、

「やれやれ。春《はる》になったか。」

といって、土《つち》から出《で》てきました。

「去年《きょねん》のけんかを、わすれたか。」

と、緑《みどり》のかえるがいいました。

「まてまて。からだの土《つち》をあらい落《お》としてからにしようぜ。」

と、黄色《きいろ》のかえるがいいました。

二《に》ひきのかえるは、からだからどろ土《つち》を落《お》とすために、池《いけ》の方《ほう》に行《い》きました。池《いけ》には、新《あたら》しくわき出《で》て、ラムネのようにすがすがしい水《みず》が、いっぱいにたたえられてありました。その中《なか》へかえるたちは、どぶんどぶんと、とびこみました。

からだをあらってから、緑《みどり》のかえるが、目《め》をぱちくりさせて、

「やあ、きみの黄色《きいろ》は、美《うつく》しい。」

といいました。

「そういえば、きみの緑《みどり》だって、すばらしい。」

と、黄色《きいろ》のかえるがいいました。

そこで二《に》ひきのかえるは、

「もう、けんかはよそう。」

とい合《あ》いました。

よくねむったあとでは、人間《にんげん》でも、かえるでも、きげんがよくなるものです。

赤い蠟燭（紅蠟燭）

　山から里の方へ遊《あそ》びにいった猿《さる》が一本の赤い蠟《ろう》燭《そく》を拾《ひろ》いました。赤い蠟燭は沢《たく》山《さん》あるものではありません。それで猿は赤い蠟燭を花火だと思い込《こ》んでしまいました。

　猿は拾った赤い蠟燭を大事に山へ持って帰りました。

　山では大へんな騒《さわ》ぎになりました。何しろ花火などというものは、鹿《しか》にしても猪《しし》にしても兎《うさぎ》にしても、亀《かめ》にしても、鼬《いたち》にしても、狸《たぬき》にしても、狐《きつね》にしても、まだ一度も見たことがありません。その花火を猿が拾って来たというのであります。

「ほう、すばらしい」

「これは、すてきなものだ」

鹿や猪や兎や亀や鼬や狸や狐が押合いへしあいして赤い蠟燭を覗《のぞ》きました。すると猿が、

「危《あぶな》い。そんなに近よってはいけない。爆発するから」といいました。

みんなは驚いて後《しり》込《ごみ》しました。

そこで猿は花火というものが、どんなに大きな音をして飛出《とびだ》すか、そしてどんなに美しく空にひろがるか、みんなに話して聞かせました。そんなに美しいものなら見たいものだとみんなは思いました。

「それなら、今晩山の頂上《てっぺん》に行ってあそこで打上げて見よう」と猿がいいました。みんなは大へん喜びました。夜の空に星をふりまくようにぱあっとひろがる花火を眼《め》に浮べてみんなはうっとりしました。

さて夜になりました。みんなは胸をおどらせて山の頂上《てっぺん》にやって行きました。猿はもう赤い蠟燭を木の枝にくりつけてみんなの来るのを待って

いました。

いよいよこれから花火を打上げることになりました。しかし困ったことが出来ました。と申《もう》しますのは、誰も花火に火をつけようとなかったからです。みんな花火を見ることは好きでしたが火をつけにいくことは、好きでなかったのであります。

これでは花火はあがりません。そこでくじをひいて、火をつけに行くものを決めることになりました。第一にあたったものは亀でありました。

亀は元気を出して花火の方へやって行きました。だがうまく火をつけることが出来たでしょうか。いえ、いえ。亀は花火のそばまで来ると首が自然に引《ひっ》込《こ》んでしまって出て来なかったのでありした。

そこでくじがまたひかれて、こんどは鼬が行くことになりました。鼬は亀よりは幾分ましでした。というのは首を引っ込めてしまわなかったからであります。しかし鼬はひどい近《きん》眼《がん》であります。だから蠟燭のまわりをきょろとうろついているばかりでありました。

遂々《とうとう》猪が飛出しました。猪は全《まった》く勇《いさま》しい獣《けだもの》でした。猪はほんとうにやっていって火をつけてしまいました。

みんなはびっくりして草むらに飛込み耳を固くふさぎました。耳ばかりでなく眼もふさいでしまいました。

しかし蠟燭はぽんともいわずに静かに燃えているばかりでした。

手袋《てぶくろ》を買《か》いに（買手套）

寒《さむ》い冬《ふゆ》が北方《ほっぽう》から、狐《きつね》の親子《おやこ》の棲《す》んでいる森《もり》へもやって来《き》ました。

或《あ》る朝《あさ》洞《ほら》穴《あな》から子供《こども》の狐《きつね》が出《で》ようとしましたが、

「あっ。」と叫《さけ》んで眼《め》を抑《おさ》えながら母《かあ》さん狐《ぎつね》のところへころげて来《き》ました。

「母《かあ》ちゃん、眼《め》に何《なに》か刺《さ》さった、ぬいて頂戴《ちょうだい》早《はや》く早《はや》く。」と言《い》いました。

母《かあ》さん狐《ぎつね》がびっくりして、あわてふためきながら、眼《め》を抑《おさ》えている子供《こども》の手《て》を恐《おそ》る恐《おそ》るとりのけて見《み》ましたが、何《なに》も刺《さ》さってはいませんでした。母《かあ》さん狐《ぎつね》は洞穴《ほらあな》の入《い》り口《ぐち》から外《そと》へ出《で》て始《はじ》めてわけが解《わか》りました。昨夜《さくや》のうちに、真《ま》っ白《しろ》な雪《ゆき》がどっさり降《ふ》ったのです。その雪《ゆき》の上《うえ》からお陽《ひ》さまがキラキラと照《て》らしていたので、雪《ゆき》は眩《まぶ》しいほど反射《はんしゃ》していたのです。雪《ゆき》を知《し》らなかった子供《こども》の狐《ぎつね》は、あまり強《つよ》い反射《はんしや》をうけたので、眼《め》に何《なに》か刺《さ》さったと思《おも》ったのでした。

子供《こども》の狐《きつね》は遊《あそ》びに行《い》きました。真綿《まわた》のように柔《やわ》らかい雪《ゆき》の上《うえ》を駈《か》け廻《まわ》ると、雪《ゆき》の粉《こ》が、しぶきのように飛《と》び散《ち》って小《ちい》さい虹《にじ》がすっと映《うつ》るのでした。

すると突然《とつぜん》、うしろで、

「どたどた、ざーっ」と物凄《ものすご》い音《おと》がして、パン粉《こ》のような粉雪《こなゆき》が、ふわーっと子狐《こぎつね》におっかぶさって来《き》ました。子狐《こぎつね》はびっくりして、雪《ゆき》の中《なか》にころがるようにして十米《メートル》も向《む》こうへ逃《に》げました。何《なん》だろうと思《おも》ってふり返《かえ》って見《み》ましたが何《なに》もいませんでした。それは樅《もみ》の枝《えだ》から雪《ゆき》がなだれ落《お》ちたのでした。まだ枝《えだ》と枝《えだ》の間《あいだ》から白《しろ》い絹糸《きぬいと》のように雪《ゆき》がこぼれていました。

間《ま》もなく洞穴《ほらあな》へ帰《かえ》って来《き》た子狐《こぎつね》は、

「お母《かあ》ちゃん、お手々《てて》が冷《つめ》たい、お手々《てて》がちんちんする。」と言《い》って、濡《ぬ》れて牡丹色《ぼたんいろ》になった両手《りょうて》を母《かあ》さん狐《ぎつね》の前《まえ》にさしだしました。母《かあ》さん狐《ぎつね》は、その

手《て》に、は——っと息《いき》をふっかけて、ぬくとい母《かあ》さんの手《て》でやんわり包《つつ》んでやりながら、

「もうすぐ暖《あたた》かくなるよ、雪《ゆき》をさわると、すぐ暖《あたた》かくなるもんだよ。」と云《い》いましたが、かあいい坊《ぼう》やの手《て》に霜焼《しもや》けができてはかわいそうだから、夜《よる》になったら、町《まち》まで行《い》って、坊《ぼう》やのお手々《てて》にあうような毛系《けいと》の手袋《てぶくろ》を買《か》ってやろうと思《おも》いました。

暗《くら》い暗《くら》い夜《よる》が風呂敷《ふろしき》のような影《かげ》をひろげて野原《のはら》や森《もり》を包《つつ》みにやって来《き》ましたが、雪《ゆき》はあまり白《しろ》いので、包《つつ》んでも包《つつ》んでも白《しろ》く浮《う》かびあがっていました。

親子《おやこ》の銀狐《ぎんぎつね》は洞穴《ほらあな》から出《で》ました。子供《こども》の方《ほう》はお母《かあ》さんのお腹《なか》の下《した》へはいりこんで、そこからまんまるな眼《め》をぱちぱちさせながら、あっちやこっちを見《み》ながら歩《ある》いて行《い》きました。

やがて、行《ゆ》く手《て》にぽっつりあかりが一つ見《み》え始《はじ》めました。それを子供《こども》の狐《きつね》が見《み》つけて、

「母《かあ》ちゃん、お星《ほし》さまは、あんな低《ひく》いところにも落《お》ちてるのねえ。」とききました。

「あれはお星《ほし》さまじゃないのよ。」と言《い》って、その時《とき》母《かあ》さん狐《ぎつね》の足《あし》はすくんでしまいました。

「あれは町《まち》の灯《ひ》なんだよ。」

その町《まち》の灯《ひ》を見《み》た時《とき》、母《かあ》さん狐《ぎつね》は、ある時《とき》町《まち》へお友達《ともだち》と出《で》かけて行《い》って、とんだめにあったことを思《おも》い出《だ》しました。およしなさいって云《い》うのもきかないで、お友達《ともだち》の狐《きつね》が、或《あ》る家《いえ》の家鴨《あひる》を盗《ぬす》もうとしたので、お百姓《ひゃくしょう》に見《み》つかって、さんざ追《お》いまくられて、命《いのち》からがら逃《に》げたことでした。

「母《かあ》ちゃん何《なに》してんの、早《はや》く行《い》こうよ。」と子供《こども》の狐《きつね》がお腹《なか》の下《した》から言《い》うのでしたが、母《かあ》さん狐《ぎつね》はどうしても足《あし》がすすまないのでした。そこで、しかたがないので、坊《ぼう》やだけを一人《ひとり》で町《まち》まで行《い》かせることになりました。

「坊《ぼう》やお手々《てて》を片方《かたほう》お出《だ》し。」とお母《かあ》さん狐《ぎつね》が云《い》いました。その手《て》を、母《かあ》さん狐《ぎつね》はしばらく握《にぎ》っている間《あいだ》に、可愛《かわい》い人間《にんげん》の子供《こども》の手《て》にしてしまいました。坊《ぼう》やの狐《きつね》はその手《て》をひろげたり握《にぎ》ったり、抓《つね》って見《み》たり、嗅《か》いで見《み》たりしました。

「何《なん》だか変《へん》だな母《かあ》ちゃん、これなあに？」と言《い》って、雪《ゆき》あかりに、又《また》その、人間《にんげん》の手《て》に変《か》えられてしまった自分《じぶん》の手《て》をしげしげと見《み》つめました。

「それは人間《にんげん》の手《て》よ。いいかい坊《ぼう》や、町《まち》へ行《い》ったらね、たくさん人間《にんげん》の家《いえ》があるからね、まず表《おもて》に円《まる》いシャッポの看板《かんばん》のかかっている家《いえ》を探《さが》すんだよ。それが見《み》つかったらね、トントンと戸《と》を叩《たた》いて、今晩《こんばん》はって言《い》うんだよ。そうするとね、中《なか》から人間《にんげん》が、すこうし戸《と》をあけるからね、その戸《と》の隙間《すきま》から、こっちの手《て》、ほらこの人間《にんげん》の手《て》をさし入《い》れてね、この手《て》にちょうどいい手袋《てぶくろ》頂戴《ちょうだい》って言《い》うんだよ、わかったね、決《けっ》して、こっちのお手々《てて》を出《だ》しちゃ駄目《だめ》よ。」と母《かあ》さん狐《ぎつね》は言《い》いきかせました。

「どうして？」と坊《ぼう》やの狐《きつね》はききかえしました。

「人間《にんげん》はね、相手《あいて》が狐《きつね》だと解《わか》ると、手袋《てぶくろ》を売《う》ってくれないんだよ、それどころか、摑《つか》まえて檻《おり》の中《なか》へ入《い》れちゃうんだよ、人間《にんげん》ってほんとに恐《こわ》いものなんだよ。」

「ふーん。」

「決《けっ》して、こっちの手《て》を出《だ》しちゃいけないよ、こっちの方《ほう》、ほら人間《にんげん》の手《て》の方《ほう》をさしだすんだよ。」と言《い》って、母《かあ》さんの狐《きつね》は、持《も》って来《き》た二つの白銅貨《はくどうか》を、人間《にんげん》の手《て》の方《ほう》へ握《にぎ》らせてやりました。

子供《こども》の狐《きつね》は、町《まち》の灯《ひ》を目《め》あてに、雪《ゆき》あかりの野原《のはら》をよちよちやって行《い》きました。始《はじ》めのうちは一つきりだった灯《ひ》が二つになり三つになり、はては十にもふえました。狐《きつね》の子供《こども》はそれを見《み》て、灯《ひ》には、星《ほし》と同《おな》じように、赤《あか》いのや黄《き》いのや青《あお》いのがあるんだなと思《おも》いました。やがて町《まち》にはいりましたが通《とお》りの家《いえ》々《いえ》はもうみんな戸《と》を閉《し》めてしまって、高《たか》い窓《まど》から暖《あたた》かそうな光《ひかり》が、道《みち》の雪《ゆき》の上《うえ》に落《お》ちているばかりでした。

けれど表《おもて》の看板《かんばん》の上《うえ》には大《たい》てい小《ちい》さな電燈《でんとう》がともっていましたので、狐《きつね》の子《こ》は、それを見《み》ながら、帽子屋《ぼうしや》を探《さが》して行《い》きました。自転車《じてんしゃ》の看板《かんばん》や、眼鏡《めがね》の看板《かんばん》やその他《ほか》いろんな看板《かんばん》が、あるものは、新《あたら》しいペンキで画《えが》かれ、或《あ》るものは、古《ふる》い壁《かべ》のようにはげていましたが、町《まち》に始《はじ》めて出《で》て来《き》た子《こ》狐《ぎつね》にはそれらのものがいったい何《なん》であるか分《わ》からないのでした。

とうとう帽子屋《ぼうしや》がみつかりました。お母《かあ》さんが道々《みちみち》よく教《おし》えてくれた、黒《くろ》い大《おお》きなシルクハットの帽子《ぼうし》の看板《かんばん》が、青《あお》い電燈《でんとう》に照《て》らされてかかっていました。

子狐《こぎつね》は教《おし》えられた通《とお》り、トントンと戸《と》を叩《たた》きました。

「今晩《こんばん》は。」

すると、中《なか》では何《なに》かことこと音《おと》がしていましたがやがて、戸《と》が一寸《すん》ほどゴロリとあいて、光《ひかり》の帯《おび》が道《みち》の白《しろ》い雪《ゆき》の上《うえ》に長《なが》く伸《の》びました。

子狐《こぎつね》はその光《ひかり》がまばゆかったので、めんくらって、まちがった方《ほう》の手《て》を、

――お母《かあ》さまが出《だ》しちゃいけないと言《い》ってよく聞《き》かせた方《ほう》の手《て》をすきまからさしこんでしまいました。

「このお手々《てて》にちょうどいい手袋《てぶくろ》下《くだ》さい。」

すると帽子屋《ぼうしや》さんは、おやおやと思《おも》いました。狐《きつね》の手《て》です。狐《きつね》の手《て》が手袋《てぶくろ》をくれと言《い》うのです。これはきっと木《こ》の葉《は》で買《か》いに来《き》たんだなと思《おも》いました。そこで、

「先《さき》にお金《かね》を下《くだ》さい。」と言《い》いました。子狐《こぎつね》はすなおに、握《にぎ》って来《き》た白銅貨《はくどうか》を二つ帽子屋《ぼうしや》さんに渡《わた》しました。帽子屋《ぼうしや》さんはそれを人差《ひとさ》し指《ゆび》のさきにのっけて、カチ合《あ》わせて見《み》ると、チンチンとよい音《おと》がしましたので、これは木《こ》の葉《は》じゃない、ほんとのお金《かね》だと思《おも》いましたので、棚《たな》から子供《こども》用《よう》の毛系《けいと》の手袋《てぶくろ》をとり出《だ》して来《き》て子狐《こぎつね》の手《て》に持《も》たせてやりました。子狐《こぎつね》は、お礼《れい》を言《い》って又《また》、もと来《き》た道《みち》を帰《かえ》り始《はじ》めました。

「お母《かあ》さんは、人間《にんげん》は恐《おそ》ろしいものだって仰有《おっしゃ》ったがちっとも恐《おそ》ろしくない

や。だって僕《ぼく》の手《て》を見《み》てもどうもしなかったもの。」と思《おも》いました。けれど子狐《こぎつね》はいったい人間《にんげん》なんてどんなものか見《み》たいと思《おも》いました。

ある窓《まど》の下《した》を通《とお》りかかると、人間《にんげん》の声《こえ》がしていました。何《なん》と云《い》うやさしい、何《なん》と云《い》う美《うつく》しい、何《なん》と言《い》うおっとりした声《こえ》なんでしょう。

「ねむれ　ねむれ
母《はは》の胸《むね》に、
ねむれ　ねむれ
母《はは》の手《て》に——」

子狐《こぎつね》はその唄声《うたごえ》は、きっと人間《にんげん》のお母《かあ》さんの声《こえ》にちがいないと思《おも》いました。だって、子狐《こぎつね》が眠《ねむ》る時《とき》にも、やっぱり母《かあ》さん狐《ぎつね》は、あんなやさしい声《こえ》でゆすぶってくれるからです。

するとこんどは、子供《こども》の声《こえ》がしました。

「母《かあ》ちゃん、こんな寒《さむ》い夜《よる》は、森《もり》の子狐《こぎつね》は寒《さむ》い寒《さむ》いって啼《な》いてるでしょうね。」

すると母《かあ》さんの声《こえ》が、

「森《もり》の子狐《こぎつね》もお母《かあ》さんのお唄《うた》をきいて、洞穴《ほらあな》の中《なか》で眠《ねむ》ろうとしているでしょうね。さあ坊《ぼう》やも早《はや》くねんねしなさい。森《もり》の子狐《こぎつね》と坊《ぼう》やとどっちが早《はや》くねんねするか、きっと坊《ぼう》やの方《ほう》が早《はや》くねんねしますよ。」

それをきくと子狐《こぎつね》は急《きゅう》にお母《かあ》さんが恋《こい》しくなって、お母《かあ》さん狐《ぎつね》の待《ま》っている方《ほう》へ跳《と》んで行《い》きました。

お母《かあ》さん狐《ぎつね》は、心配《しんぱい》しながら、坊《ぼう》やの狐《きつね》の帰《かえ》って来《く》るのを、今《いま》か今《いま》かとふるえながら待《ま》っていましたので、坊《ぼう》やが来《く》ると、暖《あたた》かい胸《むね》に抱《だ》きしめて泣《な》きたいほどよろこびました。

二匹《ひき》の狐《きつね》は森《もり》の方《ほう》へ帰《かえ》って行《い》きました。月《つき》が出《で》たので、狐《きつね》の毛《け》なみが銀色《ぎんいろ》に光《ひか》り、その足《あし》あとには、コバルトの影《かげ》がたまりました。

「母《かあ》ちゃん、人間《にんげん》ってちっとも恐《こわ》くないや。」

「どうして？」

「坊《ぼう》、間違《まちが》えてほんとうのお手々《てて》出《だ》しちゃったの。でも帽子屋《ぼうしや》さん、摑《つか》まえやしなかったもの。ちゃんとこんないい暖《あたた》かい手袋《てぶくろ》くれたもの。」

と言《い》って手袋《てぶくろ》のはまった両手《りょうて》をパンパンやって見《み》せました。お母《かあ》さん狐《ぎつね》は、

「まあ！」とあきれましたが、「ほんとうに人間《にんげん》はいいものかしら。ほんとうに人間《にんげん》はいいものかしら。」とつぶやきました。

一《いち》年《ねん》生《せい》たちとひよめ（一年級學生和水鳥）

学《がっ》校《こう》へ行《い》くとちゅうに、大《おお》きな池《いけ》がありました。一《いち》年《ねん》生《せい》たちが、朝《あさ》、そこを通《とむ》りかかりました。

池《いけ》の中《なか》には、ひよめが五《こ》、六《ろっ》羽《ぱ》、黒《くろ》くうかんでおりました。それを見《み》ると、一《いち》年《ねん》生《せい》たちは、いつものように声《こえ》をそろえて、

ひよめ、
ひよめ。
だんご　やあるに
くうぐれっ。

と、歌《うた》いました。

するとひよめは、頭《あたま》からぷくりと、水《みず》の中《なか》にもぐりました。だんごがもらえるのを、よろこんでいるようにみえました。けれど一年生《いちねんせい》たちは、ひよめにだんごをやりませんでした。学校《がっこう》へ行《い》くのに、だんごなど持《も》っている子はありません。

一年生《いちねんせい》たちは、それから学校《がっこう》に来《き》ました。

学校《がっこう》では、先生《せんせい》が教《おし》えました。

「みなさん。うそをついてはなりません。うそをつくのは、たいへん、悪《わる》いことです。むかしの人《ひと》は、うそをつくと、死《し》んでから赤鬼《あかおに》に、したべろをくぎぬきで、ひっこぬかれるといったものです。うそをついてはなりません。さあ、わかった人《ひと》は、手《て》をあげて。」

みんなが、手《て》をあげました。みんな、よくわかったからであります。

さて、学校《がっこう》が終《お》わると、一年生《いちねんせい》たちは、また池《いけ》のふちを、通《とお》りかかったのでありました。

ひよめは、やはりおりました。一年生《いちねんせい》たちの帰《かえ》りを、待《ま》っていたかのように、水《みず》の上《うえ》から、こちらを見《み》ていました、

ひいよめ、

ひよめ。

と一年生《いちねんせい》たちは、いつものくせで、歌《うた》い始《はじ》めました。しかし、そのあとを、つづけて歌《うた》ものは、ありませんでした。

「だんご　やるに　くぐれ。」

と歌《うた》ったら、それはうそをいったことになります。うそをいってはならないと、きょう、学校《がっこう》で教《おそわ》ったばかりではありませんか。

さて、どうしたものでしょう。

このまま、行《い》ってしまうのも、ざんねんです。そしたら、ひよめのほうでも、さみしいと思《おも》うに、ちがいありません。

そこでみんなは、こう歌《うた》いました。

ひいよめ、
ひよめ。
だんご　やらないけど
くうぐれっ。
するとひよめは、やはりいせいよく、くるりと水《みず》をくぐったのでありま
す。
これでわかりました。
ひよめは今《いま》まで、だんごがほしいから、くぐったのではありません。一《いち》
年《ねん》生《せい》たちに、よびかけられるのがうれしいから、くぐったのであります。

飴《あめ》だま（麥芽糖球）

春《はる》のあたたかい日《ひ》のこと、渡《わた》し舟《ぶね》に二人《ふたり》の小《ちい》さな子《こ》どもをつれた女《おんな》の旅《たび》人《びと》がのりました。

舟《ふね》が出《で》ようとすると、

「おオい、ちょっとまってくれ。」

と、どての向《む》こうから手《て》をふりながら、さむらいが一人《ひとり》走《はし》ってきて、舟《ふね》にとびこみました。

舟《ふね》は出《で》ました。

さむらいは舟《ふね》のまん中《なか》にどっかりすわっていました。ぽかぽかあたたかいので、そのうちにいねむりを始《はじ》めました。

黒《くろ》いひげをはやして、強《つよ》そうなさむらいが、こっくりこっくりするので、子《こ》どもたちはおかしくて、ふふふと笑《わら》いました。

お母《かあ》さんは口《くち》に指《ゆび》をあてて、

「だまっておいで。」

といいました。さむらいが怒《おこ》ってはたいへんだからです。

子《こ》どもたちはだまりました。

しばらくすると一人《ひとり》の子《こ》どもが、

「かアちゃん、飴《あめ》だまちょうだい。」

と手《て》をさしだしました。

すると、もう一人《ひとり》の子《こ》どもも、

「かアちゃん、あたしにも。」

といいました。

お母《かあ》さんはふところから、紙《かみ》のふくろを取《と》りだしました。ところが、飴《あめ》だまはもう一つしかありませんでした。

「あたしにちょうだい。」

「あたしにちょうだい。」

二人《ふたり》の子《こ》どもは、りょうほうからせがみました。飴《あめ》だまは一つしかないので、お母《かあ》さんはこまってしまいました。

「いい子《こ》たちだから待《ま》っておいで、向《む》こうへついたら買《か》ってあげるからね。」

といってきかせても、子《こ》どもたちは、ちょうだいよオ、ちょうだいよオ、とだだをこねました。

いねむりをしていたはずのさむらいは、ぱっちり眼《め》をあけて、子《こ》どもたちがせがむのを見《み》ていました。

お母《かあ》さんはおどろきました。いねむりをじゃまされたので、このおさむらいは怒《おこ》っているのにちがいない、と思《おも》いました。

「おとなしくしておいで。」

と、お母《かあ》さんは子《こ》どもたちをなだめました。

けれど子《こ》どもたちはききませんでした。

するとさむらいが、すらりと刀《かたな》をぬいて、お母《かあ》さんと子《こ》どもたちのまえによってきました。

お母《かあ》さんはまっさおになって、子《こ》どもたちをかばいました。いねむりのじゃまをした子《こ》どもたちを、さむらいがきりころすと思《おも》ったのです。

「飴《あめ》だまを出《だ》せ。」

とさむらいはいいました。

お母《かあ》さんはおそるおそる飴《あめ》だまをさしだしました。

さむらいはそれを舟《ふね》のへりにのせ、刀《かたな》でぱちんと二つにわりました。

そして、

「そオれ。」

と二人《ふたり》の子《こ》どもにわけてやりました。

それから、またもとのところにかえって、こっくりこっくり眠《ねむ》りはじめました。

・47・　幸福（幸福）

幸福（幸福）

　誰でも幸福の欲しくない人はありませんから、どこの家を訪ねましても、みんな大喜びで迎えてくれるにちがいありません。けれども、それでは人の心がよく分りません。そこで「幸福」は貧しい貧しい乞食《こじき》のような服装《なり》をしました。誰か聞いたら、自分は「幸福」だと言わずに「貧乏」だと言うつもりでした。そんな貧しい服装をしていても、それでも自分をよく迎えてくれる人がありましたら、その人のところへ幸福を分けて置いて来るつもりでした。

　この「幸福」がいろいろな家へ訪ねて行きますと、犬の飼ってある家がありました。その家の前へ行って「幸福」が立ちました。

そこの家の人は「幸福」が来たとは知りませんから、貧しい貧しい乞食のようなものが家の前にいるのを見て、

「お前さんは誰ですか。」

と尋ねました。

「わたしは「貧乏」でございます。」

「ああ、「貧乏」か。「貧乏」は吾家《うち》じゃお断りだ。」

とそこの家の人は戸をぴしゃんとしめてしまいました。おまけに、そこの家に飼ってある犬がおそろしい声で追い立てるように鳴きました。

「幸福」は早速ごめんを蒙《こうむ》りまして、今度は鶏の飼ってある家の前へ行って立ちました。

そこの家の人も「幸福」が来たとは知らなかったと見えて、いやなものでも家の前に立ったように顔をしかめて、

「お前さんは誰ですか。」

と尋ねました。

「わたしは「貧乏」でございます。」

「ああ、「貧乏」か、「貧乏」は吾家《うち》じゃ沢山だ。」

とそこの家の人は深い溜息《ためいき》をつきました。それから飼ってある鶏に気をつけました。貧しい貧しい乞食のようなものが来て鶏を盗んで行きはしないかと思ったのでしょう。

「コッ、コッ、コッ、コッ。」

とそこの家の鶏は用心深い声を出して鳴きました。

「幸福」はまたそこの家でもごめんを蒙りまして、今度は兎《うさぎ》の飼ってある家の前へ行って立ちました。

「お前さんは誰ですか。」

「わたしは「貧乏」でございます。」

「ああ、「貧乏」か。」

と言いましたが、そこの家の人が出て見ると、貧しい貧しい乞食のようなものが表に立っていました。そこの家の人も「幸福」が来たとは知らないようでしたが、なさけというものがあると見えて、台所の方からおむすびを一つ握って来て、

「さあ、これをおあがり。」

と言ってくれました。そこの家の人は、黄色い沢庵《たくあん》のおこうこまでそのおむすびに添えてくれました。

「グウ、グウ、グウ、グウ。」

と兔は高いいびきをかいて、さも楽しそうに昼寝をしていました。

「幸福」にはそこの家の人の心がよく分りました。おむすび一つ、沢庵一《ひと》切《きれ》にも、人の心の奥は知れるものです。それをうれしく思いまして、その兔の飼ってある家へ幸福を分けて置いて来ました。

マローンおばさん（瑪羅婆婆）

マローンおばさん　森のそばで
ひとり貧しく　くらしていた。
お皿には　ひとときれのパン
だんろには　なべひとつ
話し相手も　じぶんだけ
ひとりぼっちの　さびしいくらし。

肩かけをし　ずきんをかぶり
家のまわりで　たきぎを拾い

古いぼろの　荒布しいて
床の上で　ねむっていた。

だれひとり　ひとりとて、
様子をたずねる人もなく
心にかける人もない。

なんで　あんなばあさんのこと、
大さわぎするんだい。
ほうっておけば　いいじゃないか、
マローンおばさんのことなんか。

ある冬の月曜日

雪は深く　ふりつもり
足音ひとつ　聞こえない。
こおった窓をつつく
かすかな音に　気がついて
おばさんは　窓べによって
耳をすませた。

そこにいたのは　スズメが一羽。
みすぼらしくも　よわりはて、
まぶたは半分　ふさがって
くちばしも　こおりついていた。
おばさんは　すぐに窓を開け
小鳥を中に入れてやり

胸にだいて　つぶやいた。
「こんなによごれて
つかれきって！
あんたの居場所くらい
ここにはあるよ」

火曜日の朝に　おばさんが
かわいたパンを　かじっていると
スズメがそばで　パンくずつつく。
(「仲間がいるとは　うれしいね！」)

戸口のところで　音がする、

カリカリ　つめで　ひっかく音が
そこには　ネコが一ぴき、
かけ金に　前足をかけていた。

おなかをすかせ　のどもかわき
棒きれのように　やせこけて、
こおりついた　のき下で
かぼそい鳴き声たてていた。

おばさんは　とびらを開けてやり
パンがゆ　すこし温めた。
年とったひざに　だきあげて、
なでてさすって　あやしてやった。

「まあまあ　おまえさん、
　骨と皮に　やせこけて。
　あんたの居場所くらい
　ここには　あるよ」

みんなそろって水曜日
敷物の上に　すわりこみ
スズメはパンくず
ネコはミルクを　もらっていると
家のそとの　木立ちの中で
悲しげに鳴く声がする。
母さんギツネが　六ぴきの

子ギツネ連れて　すわっていた。

母さんギツネは　やつれはて
毛もすっかり　すりきれて、
子ギツネたちのほうだって
ろくろく食べてもいなかった。

けれどマローンおばさんは　声をあげた。
「おやまあ、なんてかわいいの！」
くるみこんで　ひざにのせ
わずかな食べ物　分けてやった。
「あったまりなさい　母さんや、
　石のように　冷えきって！

あんたがたの居場所くらい
　ここには　あるよ」

木曜日には　ロバが来た。
道をそれて　まよったロバが。
重い荷物を　負いつづけ
背中には　きずができていた。

金曜日は　冷えこんで
つららが長く　のびていた。
山のほうから　枝ふみならし、
一頭のクマが　おりてきた。

どの動物にも　わずかでも
おばさんは食べ物を　分けてやった。
「神さまは　ご存じさ、どんな動物たちだって
みんな　生きていかなきゃいけないってことを」

おばさんは　荒布もずきんも　肩かけも、
パンもお茶も――
なにもかも　分けあたえた。
「次から次へと
家族が　ふえた。
でも　もう一ぴきぐらい
居場所はあるよ」

土曜日の夜が来て
ごはんの時間になったけど
おばさんは　起きてこなかった。
ネコが　ニャーと鳴き、
スズメが　チイといい、
キツネは　いった。「ねむっているのよ」
クマは　いった。「ねかせておこう」

ロバの背中に　マローンおばさんを乗せて
動物たちは　運んでいった。
木立をくぐり　山を越え
ひと晩中　歩きつづけた。
そして　日曜の朝が来て

最後の雲の峰を越え
天国の門へと　進んでいった。

「だれだね」と　門番の聖ペテロさま。
「おまえたちが　そこに連れてきたのは」
ロバにスズメ、ネコにキツネにクマは
声をそろえて　さけんだ。
「ご存じないのですか、（神さま、お恵みを！）
わたしたちの母さん、マローンおばさんを。
貧しくて　なにも持ってはいなかったけれど、
広く大きな心で　わたしたちに
居場所を与えてくれました」
そのとき　マローンおばさんは

急に　目をさました。
びっくりして目をこすり、
声をひそめて　こういった。
「まあ、いったい　ここはどこ？
わたしは　なにを見ているの？
おまえさんたち、帰りましょう。
ここは　わたしの来るところじゃないよ」
けれども　聖ペテロさまは　いった。
「母よ、入って王座におつきなさい。
あなたの居場所が
ここにはありますよ、マローンおばさん」

影法師（人影）

日が暮れてから、お婆《ばあ》さんは一人で髪を結いました。
中途でつかれたから、煙草《タバコ》を一ぷく吸いました。
その影法師が、うしろに映って、猫のような形になりました。
障子の向う側を通りかかった鼠《ねずみ》が、その影を見て肝《きも》をつぶしました。
「ちゅっ。猫だ。大きな猫だ。あっ、動いた。猫の大入道《おおにゅうどう》だ」
そう思ったら、鼠は四本の足もとが、みんな別々に、がくがくとふるえ出しました。
やっと仲間のところへ帰って行って、猫の大入道の話をしました。
仲間がみんなついて来て、長押《なげし》の陰から、顔だけのぞけて、眺《なが》めました。

「これは只事《ただごと》ではないぞ」と一匹が声をふるわして申しました。

みんな小さい声で、ちゅっ、ちゅっと相談を始めました。

「山猫ではないか」

「豹《ひょう》か知ら」

「虎だろう」

「いやいや、うちの猫が化けたのだ」

「あっ、動いたぞ」

「おやっ、見ろ見ろ、口から煙を吐いている」

その時、お婆さんが欠伸《あくび》をしました。

鼠たちは、その影を見て、ぞっとしました。

「ちゅっ、恐ろしい口だ」

「あの口で、己達《おれたち》をみんな食ってしまうのだろう」

「今に障子を踏み破って出て来るぞ」

「早くしないとあぶない。今のうちに、そっと隣りへ引越そうか」

「隣りの猫は、すばしっこいから、なおの事あぶない」

「でもこうしては居られない」

お婆さんは、さっきから、隣りの部《へ》屋《や》で、こそこそ音がするものですから、何だろうと思って、起《た》ちかけました。

その物音をきいて、鼠は一《いち》目《もく》散《さん》に逃げ出しました。あんまりあわてたので、その中《うち》の一匹は、長押《なげし》を踏み外《はず》して、畳の上に落ちました。

「本当にしようのない鼠だよ。うちの猫はどこを、ほっついてるんだろう」とお婆さんは独言《ひとりごと》を云いました。

仙女の泉（仙女之泉）

ある山の麓《ふもと》に泉があった。ただの泉ではなかった。

その水を飲むと、どんな病気でも治るといわれていた。

仙人も山から飲みに降りてくるともいわれていた。

「けほん。けほん。霞が喉《のど》に詰まっちゃった」

ある晩、山の仙女が麓まで降りてきた。

その美しい素顔を見てしまったのが、村の若者。

「ああ、仙女様。おらの嫁さんなっておくれ」

ひどく真剣な表情。恋に落ちたのだ。

仙女は泉の水を手にすくって飲み、若者にもすすめた。

若者はおそるおそる、仙女の白い手から水を飲んだ。

すると、若者の表情は晴れやかになった。

「ああ、仙女様。おら、嫁なんぞいらねえよ」

蜘蛛《くも》の糸（蜘蛛絲）

一

或日のことでございます。お釈迦《しゃか》様は極楽の蓮《はす》池《いけ》のふちを、独《ひと》りでぶらぶらお歩きになっていらっしゃいました。池の中に咲いている蓮の花は、みんな玉のようにまっ白で、そのまん中にある金色の蕊《ずい》からは、何とも言えない好《よ》い匂《におい》が、絶間《たえま》なくあたりへ溢《あふ》れております。

極楽は丁度朝でございました。

やがてお釈迦様はその池の縁《ふち》にお佇《たたず》みになって、水の面《おも》を蔽《おお》っている蓮の葉の間から、ふと下の容子《ようす》を御覧になりました。

この極楽の蓮池の下は、丁度地獄の底に当っておりますから、水晶のような水を透き徹《とお》して、三途《さんず》の河《かわ》や針の山の景色が、丁度覗《のぞ》き眼鏡《めがね》を見るように、はっきりと見えるのでございます。

するとその地獄の底に、犍陀多《かんだた》という男が一人、外《ほか》の罪人と一しょに蠢《うごめ》いている姿が、お眼に止《とま》りました。

この犍陀多という男は、人を殺したり家に火をつけたり、いろいろ悪事を働いた大泥坊《おおどろぼう》でございますが、それでもたった一つ、善《よ》い事をした覚えがございます。と申しますのは、或時この男が深い林の中を通りますと、小さな蜘蛛《くも》が一匹、路《みち》ばたを這《は》って行くのが見えました。

そこで犍陀多は早速足を挙《あ》げて、踏殺《ふみ》そうと致しましたが、「いや、いや、これも小さいながら命のあるものに違いない。その命をむやみにとるという事は、いくら何でも可哀《かわい》そうだ。」と、こう急に思い返してとうとうその蜘蛛を殺さずに助けてやりました。

お釈迦様は地獄の容子を御覧になりながら、この犍陀多には蜘蛛を助けた事があるのをお思い出しになりました。そうしてそれだけの善い事をした報《むくい》には、出来るならこの男を地獄から救い出してやろうとお考えになりました。幸《さいわい》、側《そば》を御覧になりますと、翡翠《ひすい》のような色をした蓮の葉の上に、極楽の蜘蛛が、一匹美しい銀色の糸をかけておりました。

お釈迦様はその蜘蛛の糸をそっとお手にお取りになりました。そして、それを、玉のような白蓮《しらはす》の間から、遙《はる》か下にある地獄の底へまっすぐにお下《おろ》しなさいました。

二

こちらは地獄の底の血の池で、外の罪人と一しょに、浮いたり沈んだりしていた犍陀多でございます。

何しろどちらを見てもまっ暗で、たまにそのくら闇《やみ》からぼんやり浮き上っているものがあると思いますと、それは恐しい針の山の針が光るのでございますから、その心細さと言ったらございません。その上あたりは墓の中のようにしんと静まり返っていて、たまに聞えるものと言っては、ただ、罪人がつく微《かすか》な嘆息《ためいき》ばかりでございます。

これはここへ落ちて来るほどの人間は、もうさまざまな地獄の責苦《せめく》に疲れはてて、泣声を出す力さえなくなっているのでございました。ですからさすが大泥坊の犍陀多も、やはり血の池の血に咽《むせ》びながら、まるで死にかかった蛙《かわず》のように唯《ただ》もがいてばかりおりました。

ところが或時の事でございます。何気なく犍陀多が頭を挙げて、血の池の空を眺《なが》めますと、そのひっそりとした闇の中を、遠い遠い天の上から、銀色の蜘蛛の糸が、まるで人目にかかるのを恐れるように一すじ細く光りながら、するすると、自分の上へ垂《た》れて参るではございませんか。

犍陀多はこれを見ると、思わず手を打って喜びました。この糸に縋《すが》りついて、どこまでものぼって行けば、きっと地獄からぬけ出せるのに相違ございません。

いや、うまく行くと、極楽へはいる事さえも出来ましょう。そうすれば、もう針の山へ追い上げられることもなくなれば、血の池に沈められることもあるはずはございません。

こう思いましたから犍陀多は、早速その蜘蛛の糸を両手でしっかりと掴《つか》みながら、一生懸命に上へ上へとたぐりのぼり始めました。元より大泥坊のことでございますから、こういう事には、昔から慣れ切っているのでございます。

しかし地獄と極楽との間は、何万里となく隔《へだた》っているのですから、いくら焦《あせ》って見たところで、容易に上へは出られません。ややしばらくのぼる中《うち》に、とうとう犍陀多もくたびれて、もう一たぐりも上の方へはのぼれなくなってしまいました。

そこで仕方がございませんから、先《まず》一休み休むつもりで、糸の中途にぶら下りながら、遙かに目の下を見下しました。

すると一生懸命にのぼった甲斐《かい》があって、さっきまで自分がいた血の池は、今ではもう何時《いつ》の間《ま》にか暗《やみ》の底にかくれておりました。それからあのぼんやり光っていた恐しい針の山も、足の下になってしまいました。この分でのぼって行けば、地獄からぬけ出すのも、存外わけがないかも知れません。犍陀多は両手を蜘蛛の糸にからみながら、ここへ来てから何年にも出した事のない声で、

「しめた。しめた。」と笑いました。

ところがふと気がつきますと、蜘蛛の糸の下の方には、数限《かずかぎり》もない罪人たちが、自分ののぼった後《あと》をつけて、まるで蟻《あり》の行列のように、やはり上へ上へと一心によじのぼって来るではございませんか。

犍陀多はこれを見ると、驚いたのと恐しいのとで暫《しばら》くは唯、莫迦《ばか》のように大きな口を開《あ》いたまま、眼ばかり動かしておりました。自分一人でさえ断《き》れそうな、この細い蜘蛛の糸がどうしてあれだけの人数《にんず》の重みに堪える事が出来ましょう。もし万一、途中で断れたといたしましたら、折角ここへまでのぼって来た、この肝腎《かんじん》な自分までも、もとの地獄へ逆《さか》おとしに落ちてしまわなければなりません。そんなことがあったら、大変でございます。が、そういう中《うち》にも、罪人たちは何百となく何千となく、まっ暗な血の池の底から、うようよと這《は》い上《あが》って、細く光っている蜘蛛の糸を、一列になりながら、せっせとのぼって参ります。今の中《うち》にどうかしなければ、糸はまん中から二つに断れて、落ちてしまうのに違いありません。

そこで犍陀多は大きな声を出して、

「こら、罪人ども。この蜘蛛の糸は己《おれ》のものだぞ。お前たちは一体誰に尋《き》いて、のぼって来た。下《お》りろ。下りろ。」と喚《わめ》きました。

その途端でございます。

今まで何ともなかった蜘蛛の糸が、急に犍陀多のぶら下っているところから、ぷつりと音を立てて断れました。ですから、犍陀多もたまりません。あっという間もなく、風を切って、独《こ》楽《ま》のようにくるくるまわりながら、見る見る中《うち》に暗《やみ》の底へ、まっさかさまに落ちてしまいました。

後《あと》には唯極楽の蜘蛛の糸が、きらきらと細く光りながら、月も星もない空の中途に、短く垂れているばかりでございます。

三

お釈迦様は極楽の蓮池のふちに立って、この一部始終をじっと見ていらっしゃいましたが、やがて犍陀多が血の池の底へ石のように沈んでしまいますと、悲しそうなお顔をなさりながら、またぶらぶらお歩きになり始めました。

自分ばかり地獄からぬけ出そうとする、犍陀多の無慈悲な心が、そうしてその心相当な罰をうけて、もとの地獄へ落ちてしまったのが、お釈迦さまのお目から見ると、浅間《あさま》しく思《おぼ》しめされたのでございましょう。

しかし極楽の蓮池の蓮は、少しもそんな事には頓着《とんちやく》致《いた》しません。その玉のような白い花は、お釈迦さまのお足《みあし》のまわりに、ゆらゆら萼《うてな》を動かしております。そのたんびに、まん中にある金色の蕊からは、何ともいえない好《よ》い匂《におい》が、絶え間なくあたりに溢れ出ます。

極楽ももうお午《ひる》に近くなりました。

女仙（仙女）

昔《むかし》、支那《しな》の或《ある》田舎《ゐなか》に書生《しよせい》が一人《ひとり》住《す》んでゐました。何《なに》しろ支那《しな》のことですから、桃《もも》の花《はな》の咲《さ》いた窓《まど》の下《した》に本《ほん》ばかり読《よ》んでゐたのでせう。すると、この書生《しよせい》の家《うち》の隣《となり》に年《とし》の若《わか》い女《をんな》が一人《ひとり》、――それも美《うつく》しい女《をんな》が一人《ひとり》、誰《たれ》も使《つか》はずに住《す》んでゐました。書生《しよせい》はこの若《わか》い女《をんな》を不思議《ふしぎ》に思《おも》つてゐたのはもちろんです。実際《じつさい》又《また》彼女《かのぢよ》の身《み》の上《うへ》をはじめ、彼女《かのぢよ》が何《なに》をして暮《く》らしてゐるかは誰《たれ》一人《ひとり》知《し》るものもなかつたのですから。

或《ある》風《かぜ》のない春《はる》の日《ひ》の暮《くれ》、書生《しよせい》はふと外《そと》へ出《で》て見《み》ると、何《なに》かこの若《わか》い女《をんな》の罵《ののし》つてゐる声《こゑ》が聞《きこ》えました。それは又《また》どこかの庭鳥《にはとり》がのんびりと鬨《とき》を作《つく》つてゐる中《なか》に、如何《いか》にも物《もの》ものしく聞《きこ》えるのです。書生《しよせい》はどうしたのかと思《おも》ひながら、彼女《かのぢよ》の家《いへ》の前《まへ》へ行《い》つて見《み》ました。すると眉《まゆ》を吊《つ》り上《あ》げた彼女《かのぢよ》は、年《とし》をとつた木樵《きこ》りの爺《ぢい》さんを引《ひ》き据《す》ゑ、ぽかぽか白髪頭《しらがあたま》を擲《なぐ》つてゐるのです。しかも木樵《きこ》りの爺《ぢい》さんは顔《かほ》中《ぢう》に涙《なみだ》を流《なが》したまま、平《ひら》あやまりにあやまつてゐるではありませんか！

「これは一體《いつたい》どうしたのです？何《なに》もかう云《い》ふ年《とし》よりを、擲《なぐ》らないでも善《い》いぢやありませんか！——」

書生《しよせい》は彼女《かのぢよ》の手《て》を抑《おさ》へ、熱心《ねつしん》にたしなめにかかりました。

「第一《だいいち》年上《としうへ》のものを擲《なぐ》ると云《い》ふことは、修身《しうしん》の道《みち》にもはづれてゐる訣《わけ》です。」

「年上《としうへ》のものを？この木樵《きこ》りはわたしよりも年下《としした》です。」

「冗談《じようだん》を言《い》つてはいけません。」

「いえ、冗談《じようだん》ではありません。わたしはこの木樵《きこ》りの母親《ははおや》ですから。」

書生《しよせい》は呆気《あつけ》にとられたなり、思《おも》はず彼女《かのぢよ》の顔《かほ》を見《み》つめました。やつと木樵《きこ》りを突《つ》き離《はな》した彼女《かのぢよ》は美《うつく》しい、――と云《い》ふよりも凜々《りゝ》しい顔《かほ》に血《ち》の色《いろ》を通《かよ》はせ、目《ま》ぢろぎもせずにかう言《い》ふのです。

「わたしはこの伜《せがれ》の為《ため》に、どの位《くらゐ》苦労《くらう》をしたかわかりません。けれども伜《せがれ》はわたしの言葉《ことば》を聞《き》かずに、我儘《わがまま》ばかりしてゐましたから、とうとう年《とし》をとつてしまつたのです。」

「では、……この木樵《きこ》りはもう七十位《しちじふぐらゐ》でせう。その又《また》木樵《きこ》りの母親《ははおや》だと云《い》ふあなたは、一體《いつたい》いくつになつてゐるのです？」

「わたしですか？わたしは三千六百歳《さんぜんろつぴやくさい》です。」

書生《しよせい》はかう云《い》ふ言葉《ことば》と一《いつ》しよに、この美《うつく》しい隣《となり》の女《をんな》が仙人《せんにん》だつたことに気《き》づきました。しかしもうその時《とき》には、何《なに》か神々《かうぐ》しい彼女《かのぢよ》の姿《すがた》は忽《たちま》ちどこかへ消《き》えてしまひました。うらうらと春《はる》の日《ひ》の照《て》り渡《わた》つた中《なか》に木樵《きこ》りの爺《ぢい》さんを残《のこ》したまま。

孔雀（孔雀）

これは異本《いほん》『伊曽保《いそぼ》の物語』の一章である。この本はまだ誰《だれ》も知らない。

「或《ある》鴉《からす》おのれが人物を驕慢《きょうまん》し、孔雀《くじゃく》の羽根を見つけて此処《ここ》かしこにまとい、爾余《じよ》の諸鳥《しょちょう》をば大きに卑《いや》しめ、わが上《うえ》はあるまじいと飛び廻《まわ》れば、諸鳥安からず思い、『なんじはまことの孔雀でもないに、なぜにわれらをおとしめるぞ』と、取りまわいてさんざんに打擲《ちょうちゃく》したれば、羽根は抜かれ脚《あし》は折られ、なよなよとなって息が絶えた。

「その後《のち》またまことの孔雀が来たに、諸鳥はこれも鴉じゃと思うたれば、やはり打ちつ蹴《け》つして殺してしもうた。して諸鳥のいうたことは、『まことの孔雀にめぐり遇《お》うたなら、如何《いか》ような礼儀をも尽《つく》そうずるものを。さてもさても世の中には偽《に》せ孔雀ばかり多いことじゃ。』

「下心《したごころ》。——天下の諸人《しょにん》は阿呆《あほう》ばかりじゃ。才《さえ》も不才《ふさえ》もわかることではござらぬ。」

よだかの星《ほし》（夜鷹之星）

よだかは、実《じつ》にみにくい鳥《とり》です。

顔《かお》は、ところどころ、みそをつけたようにまだらで、くちばしは、ひらたくて、耳《みみ》までさけています。

足《あし》は、まるでよぼよぼで、一間《いっけん》とも歩《ある》けません。

ほかの鳥《とり》は、もう、よだかの顔《かお》を見《み》ただけでも、いやになってしまうというぐあいでした。

たとえば、ひばりも、あまり美《うつく》しい鳥《とり》ではありませんが、よだかよりは、ずっと上《うえ》だと思《おも》っていましたので、夕方《ゆうがた》など、よだかにあうと、さもさもいやそうに、しんねりと目《め》をつぶりながら、首《くび》をそっぽへ向《む》けるのでした。もっとちいさなおしゃべりの鳥《とり》などは、いつでもよだかのまっこうから悪口《わるぐち》をしました。

「ヘン。また出《で》て来《き》たね。まあ、あのざまをごらん。ほんとうに、鳥《とり》の仲間《なかま》のつらよごしだよ。」

「ね、まあ、あのくちの大《おお》きいことさ。きっと、かえるの親類《しんるい》か何《なん》かなんだよ。」

こんな調子《ちょうし》です。おお、よだかでないただのたかならば、こんな生《なま》はんかのちいさい鳥《とり》は、もう名前《なまえ》を聞《き》いただけでも、ぶるぶるふるえて、顔色《かおいろ》を変《か》えて、からだをちぢめて、木《き》の葉《は》のかげにでもかくれたでしょう。ところがよだかは、ほんとうはたかの兄弟《きょうだい》でも親類《しんるい》でもありませんでした。かえって、よだかは、あの美《うつく》しいかわせみや、鳥《とり》の中《なか》の宝石《ほうせき》のようなはちすずめの兄《にい》さんでした。はちすずめは花《はな》のみつをたべ、かわせみはお魚《さかな》をたべ、よだかは羽虫《はむし》をとってたべるのでした。それによだかには、するどいつめもするどいくちばしもありませんでしたから、どんなに弱《よわ》い鳥《とり》でも、よだかをこわがるはずはなかったのです。

それなら、たかという名《な》のついたことは不思議《ふしぎ》なようですが、これは、一《ひと》つはよだかのはねがむやみに強《つよ》くて、風《かぜ》を切《き》ってかけるときなどは、まるでたかのように見《み》えたことと、もう一《ひと》つはなきごえがするどくて、やはりどこかたかににていたためです。もちろん、たかは、これをひじょうに気《き》にかけて、いやがっていました。それですから、よだかの顔《かお》さえ見《み》ると、かたをいからせて、早《はや》く名前《なまえ》をあらためろ、名前《なまえ》をあらためろと、いうのでした。

ある夕方《ゆうがた》、とうとう、たかがよだかのうちへやってまいりました。

「おい。いるかい。まだおまえは名前《なまえ》をかえないのか。ずいぶんおまえもはじ知《し》らずだな。おまえとおれでは、よっぽど人格《じんかく》がちがうんだよ。たとえばおれは、青《あお》いそらをどこまでも飛《と》んで行《い》く。おまえは、くもってうすぐらい日《ひ》か、夜《よる》でなくちゃ、出《で》て来《こ》ない。それから、おれのくちばしやつめを見《み》ろ。そして、よくおまえのとくらべて見《み》るがいい。」

「たかさん。それはあんまり無理《むり》です。わたしの名前《なまえ》はわたしがかってにつけたのではありません。神《かみ》さまからくださったのです。」

「いいや。おれの名《な》なら、神《かみ》さまからもらったのだと言《い》ってもよかろうが、おまえのは、言《い》わば、おれと夜《よる》と、両方《りょうほう》から借《か》りてあるんだ。さあ返《かえ》せ。」

「たかさん。それは無理《むり》です。」

「無理《むり》じゃない。おれがいい名《な》を教《おし》えてやろう。市蔵《いちぞう》というんだ。市蔵《いちぞう》と な。いい名《な》だろう。そこで、名前《なまえ》を変《か》えるには改名《かいめい》のひろうというものをしないといけない、いいか。それはな、首《くび》へ市蔵《いちぞう》と書《か》いたふだをぶらさげて、わたしはいらい市蔵《いちぞう》と申《もう》しますと、口上《こうじょう》を言《い》って、みんなの所《ところ》をおじぎしてまわるのだ。」

「そんなことはとてもできません。」

「いいや。できる。そうしろ。もしあさっての朝《あさ》までに、おまえがそうしなかったら、もうすぐ、つかみ殺《ころ》すぞ。つかみ殺《ころ》してしまうから、そう思《おも》え。おれはあさっての朝《あさ》早《はや》く、鳥《とり》のうちを一《いっ》けんずつまわって、おまえが来《き》たかどうかを聞《き》いてあるく。一《いっ》けんでも来《こ》なかったという家《うち》があったら、もうきさまもそのときがおしまいだぞ。」

「だってそれはあんまり無理《むり》じゃありませんか。そんなことをするくらいなら、わたしはもう死《し》んだ方《ほう》がましです。今《いま》すぐ殺《ころ》してください。」

「まあ、よく、あとで考《かんが》えてごらん。市《いち》蔵《ぞう》なんてそんなにわるい名《な》じゃないよ。」

たかは大《おお》きなはねをいっぱいにひろげて、自《じ》分《ぶん》の巣《す》の方《ほう》へ飛《と》んで帰《かえ》って行《い》きました。

よだかは、じっと目《め》をつぶって考《かんが》えました。

（いったいぼくは、なぜこうみんなにいやがられるのだろう。ぼくの顔《かお》は、みそをつけたようで、口《くち》はさけてるからなあ。それだって、ぼくは今《いま》まで、なんにも悪《わる》いことをしたことがない。赤《あか》んぼうのめじろが巣《す》から落《お》ちていたときは、助《たす》けて巣《す》へ連《つ》れて行《い》ってやった。そしたらめじろは、赤《あか》んぼうをまるでぬす人《びと》からでもとりかえすようにぼくからひきはなしたんだなあ。それからひどくぼくを笑《わら》ったっけ。それにああ、今度《こんど》は市蔵《いちぞう》だなんて、首《くび》へふだをかけるなんて、つらいはなしだなあ。）

あたりは、もううすくらくなっていました。よだかは巣《す》から飛《と》び出《だ》しました。雲《くも》が意地悪《いじわる》く光《ひか》って、低《ひく》くたれています。よだかはまるで雲《くも》とすれすれになって、音《おと》なく空《そら》を飛《と》びまわりました。

それからにわかによだかは口《くち》を大《おお》きくひらいて、はねをまっすぐにはって、まるで矢《や》のようにそらをよこぎりました。小《ちい》さな羽虫《はむし》がいくひきもいくひきも、そののどにはいりました。

からだがつちにつくかつかないうちに、よだかはひらりとまたそらへはねあがりました。もう雲《くも》はねずみ色《いろ》になり、向《む》こうの山《やま》には山焼《やまや》けの火《ひ》がまっ赤《か》です。

よだかが思《おも》い切《き》って飛《と》ぶときは、そらがまるで二《ふた》つに切《き》れたように思《おも》われます。一《いっ》ぴきのかぶとむしが、よだかののどにはいって、ひどくもがきました。よだかはすぐそれをのみこみましたが、そのとき何《なん》だかせなかがぞっとしたように思《おも》いました。

雲《くも》はもうまっくろく、東《ひがし》の方《ほう》だけ山焼《やまや》けの火《ひ》が赤《あか》くうつって、おそろしいようです。よだかはむねがつかえたように思《おも》いながら、またそらへのぼりました。

また一《いっ》ぴきのかぶとむしが、よだかののどに、はいりました。そしてまるでよだかののどをひっかいてばたばたしました。よだかはそれを無理《むり》にのみこんでしまいましたが、そのとき、急《きゅう》にむねがどきっとして、よだかは大《おお》声《ごえ》をあげて泣《な》き出《だ》しました。泣《な》きながらぐるぐるぐるぐる空《そら》をめぐったのです。

（ああ、かぶとむしや、たくさんの羽虫《はむし》が、毎《まい》ばんぼくに殺《ころ》される。そしてそのただ一《ひと》つのぼくが、こんどはたかに殺《ころ》される。それがこんなにつらいのだ。ああ、つらい、つらい。ぼくはもう虫《むし》をたべないでうえて死《し》のう。いやその前《まえ》にもう、たかがぼくを殺《ころ》すだろう。いや、その前《まえ》に、ぼくは遠《とお》くの遠《とお》空《そら》の向《む》こうに行《い》ってしまおう。）

山焼《やまや》けの火《ひ》は、だんだん水《みず》のように流《なが》れてひろがり、雲《くも》も赤《あか》くもえているようです。

よだかはまっすぐに、弟《おとうと》のかわせみの所《ところ》へ飛《と》んで行《い》きました。きれいなかわせみも、ちょうど起《お》きて遠《とお》くの山火事《やまかじ》を見《み》ていたところでした。そしてよだかのおりて来《き》たのを見《み》て言《い》いました。

「兄《にい》さん。こんばんは。何《なに》か急《きゅう》のご用《よう》ですか。」

「いいや、ぼくは今度《こんど》遠《とお》い所《ところ》へ行《い》くからね、その前《まえ》ちょっとおまえにあいに来《き》たよ。」

「兄《にい》さん。行《い》っちゃいけませんよ。はちすずめもあんな遠《とお》くにいるんですし、ぼくひとりぼっちになってしまうじゃありませんか。」

「それはね。どうもしかたないのだ。もう今日《きょう》は何《なに》も言《い》わないでくれ。そしておまえもね、どうしてもとらなければならないときのほかは、いたずらにお魚《さかな》を取《と》ったりしないようにしてくれ、ね。さよなら。」

「兄《にい》さん。どうしたんです。まあもうちょっとお待《ま》ちなさい。」

「いや、いつまでいてもおんなじだ。はちすずめへ、あとでよろしく言《い》ってやってくれ。さよなら。もうあわないよ。さよなら。」

よだかは泣《な》きながら自分《じぶん》のお家《うち》へ帰《かえ》ってまいりました。みじかい夏《なつ》の夜《よ》はもうあけかかっていました。

しだの葉《は》は、よあけのきりをすって、青《あお》くつめたくゆれました。よだかは高《たか》くきしきしきしと鳴《な》きました。そして巣《す》の中《なか》をきちんとかたづけ、きれいにからだじゅうのはねや毛《り》をそろえて、また巣《す》から飛《と》び出《だ》しました。

きりがはれて、お日《ひ》さまがちょうど東《ひがし》からのぼりました。よだかはぐらぐらするほどまぶしいのをこらえて、矢《や》のように、そっちへ飛《と》んで行《い》きました。

「お日《ひ》さん、お日《ひ》さん。どうぞわたしをあなたの所《ところ》へ連《つ》れてってください。やけて死《し》んでもかまいません。わたしのようなみにくいからだでも、やけるときには小《ちい》さなひかりを出《だ》すでしょう。どうかわたしを連《つ》れてってください。」

行《い》っても行《い》っても、お日《ひ》さまは近《ちか》くなりませんでした。かえってだんだん小《ちい》さく遠《とお》くなりながらお日《ひ》さまが言《い》いました。

「おまえはよだかだな。なるほど、ずいぶんつらかろう。今夜《こんや》そらを飛《と》んで、星《ほし》にそうたのんでごらん。おまえはひるの鳥《とり》ではないのだからな。」

よだかはおじぎを一《ひと》つしたと思《おも》いましたが、急《きゅう》にぐらぐらしてとうとう野《の》原《はら》の草《くさ》の上《うえ》に落《お》ちてしまいました。そして、まるでゆめを見《み》ているようでした。からだがずうっと赤《あか》や黄《き》の星《ほし》のあいだをのぼって行《い》ったり、どこまでも風《かぜ》に飛《と》ばされたり、また、たかが来《き》てからだをつかんだりしたようでした。

つめたいものがにわかに顔《かお》に落《お》ちました。よだかは目《め》をひらきました。一《いっ》本《ぽん》のわかいすすきの葉《は》からつゆがしたたったのでした。もうすっかり夜《よる》になって、空《そら》は青《あお》ぐろく、一面《いちめん》の星《ほし》がまたたいていました。よだかはそらへ飛《と》びあがりました。今夜《こんや》も山焼《やまや》けの火《ひ》はまっかです。よだかはその火《ひ》のかすかな照《て》りと、つめたいほしあかりの中《なか》をとびめぐりました。それからもう一《いっ》ぺん飛《と》びめぐりました。そして思《おも》い切《き》って西《にし》のそらのあの美《うつく》しいオリオンの星《ほし》の方《ほう》に、まっすぐに飛《と》びながらさけびました。

「お星さん。西《にし》の青《あお》じろいお星《ほし》さん。どうかわたしをあなたのところへ連《つ》れてってください。やけて死《し》んでもかまいません。」

オリオンは勇《いさ》ましい歌《うた》をつづけながらよだかなどはてんで相手《あいて》にしませんでした。よだかは泣《な》きそうになって、よろよろと落《お》ちて、それからやっとふみとまって、もう一《いっ》ぺんとびめぐりました。それから、南《みなみ》の大犬座《おおいぬざ》の方《ほう》へまっすぐに飛《と》びながらさけびました。

「お星《ほし》さん。南《みなみ》の青《あお》いお星《ほし》さん。どうかわたしをあなたの所《ところ》へ連《つ》れてってください。やけて死《し》んでもかまいません。」大犬《おおいぬ》は青《あお》やむらさきや黄《き》やうつくしくせわしくまたたきながら言《い》いました。

「ばかを言《い》うな。おまえなんかいったいどんなものだい。たかが鳥《とり》じゃないか。おまえのはねでここまで来《く》るには、億《おく》年《ねん》兆《ちょう》年《ねん》億《おく》兆《ちょう》年《ねん》だ。」そしてまた別《べつ》の方《ほう》を向《む》きました。

よだかはがっかりして、よろよろ落《お》ちて、それからまた二《に》へん飛《と》びめぐりました。それからまた思《おも》い切《き》って北《きた》の大《おお》ぐま星《ぼし》の方《ほう》へまっすぐに飛《と》びながらさけびました。

「北《きた》の青《あお》いお星《ほし》さま、あなたの所《ところ》へどうかわたしを連《つ》れてってください。」

大《おお》ぐま星《ぼし》はしずかに言《い》いました。

「よけいなことを考《かんが》えるものではない。少《すこ》し頭《あたま》をひやして来《き》なさい。そういうときは、氷山《ひょうざん》のういている海《うみ》の中《なか》へ飛《と》びこむか、近《ちか》くに海《うみ》がなかったら、氷《こおり》をうかべたコップの水《みず》の中《なか》へ飛《と》びこむのが一等《いっとう》だ。」

よだかはがっかりして、よろよろ落《お》ちて、それからまた、四《よん》へんそらをめぐりました。そしてもう一度《いちど》、東《ひがし》から今《いま》のぼった天《あま》の川《がわ》の向《む》こう岸《ぎし》のわしの星《ほし》にさけびました。

「東《ひがし》の白《しろ》いお星《ほし》さま、どうかわたしをあなたの所《ところ》へ連《つ》れてってください。やけて死《し》んでもかまいません。」

わしは大風《おおふう》に言《い》いました。

「いいや、とてもとても、話《はなし》にも何《なに》にもならん。星《ほし》になるには、それそうおうの身分《みぶん》でなくちゃいかん。また、よほど金《かね》もいるのだ。」

よだかはもうすっかり力《ちから》を落《お》としてしまって、はねをとじて、地《ち》に落《お》ちて行《い》きました。そしてもう一尺《いっしゃく》で地面《じめん》にその弱《よわ》い足《あし》がつくというとき、よだかはにわかにのろしのようにそらへとびあがりました。そらのなかほどへ来《き》て、よだかはまるでわしがくまをおそうときするように、ぶるっとからだをゆすって毛《け》をさかだてました。

それからキシキシキシキシキシッと高《たか》く高《たか》くさけびました。その声《こえ》はまるでたかでした。野原《のはら》や林《はやし》にねむっていたほかのとりは、みんな目《め》をさまして、ぶるぶるふるえながら、いぶかしそうにほしぞらを見《み》あげました。

よだかは、どこまでも、どこまでも、まっすぐに空《そら》へのぼって行《い》きました。もう山焼《やまや》けの火《ひ》はたばこのすいがらのくらいにしか見《み》えません。よだかはのぼってのぼって行《い》きました。

寒《さむ》さに、いきはむねに白《しろ》くこおりました。空気《くうき》がうすくなったために、はねをそれはそれはせわしくうごかさなければなりませんでした。

それだのに、ほしの大《おお》きさは、さっきと少《すこ》しも変《か》わりません。つくいきは、ふいごのようです。寒《さむ》さやしもがまるで剣《けん》のようによだかをさしました。よだかは、はねがすっかりしびれてしまいました。そして、なみだぐんだ目《め》をあげてもう一《いっ》ぺんそらを見《み》ました。そうです。これがよだかのさいごでした。もうよだかは落《お》ちているのか、のぼっているのか、さかさになっているのか、上《うえ》を向《む》いているのかも、わかりませんでした。ただこころもちはやすらかに、その血《ち》のついた大《おお》きなくちばしは、横《よこ》にまがってはいましたが、たしかに少《すこ》しわらっておりました。

それからしばらくたって、よだかははっきりまなこをひらきました。そして自分《じぶん》のからだがいま、りんの火《ひ》のような青《あお》い美《うつく》しい光《ひかり》になって、しずかにもえているのを見《み》ました。

すぐとなりは、カシオピア座《カシオペアざ》でした。天《あま》の川《がわ》の青《あお》じろいひかりが、すぐうしろになっていました。

そしてよだかの星《ほし》はもえつづけました。いつまでもいつまでももえつづけました。

今《いま》でもまだもえています。

にわとりのとけい（雞時鐘）

いなかのおじさんが、まっしろなにわとりを、つれてきてくださいました。

あかいおおきなかんむりは、おとうさんどり、ちいさなかんむりは、たまごをうむおかあさんどりです。

けいこちゃんたちは、もううれしくてたまりません。おじいさんは、ちいさなとりごやをおつくりになりました。

「きょうから、けいこちゃんはえさのやくだよ。てるおちゃんはみずのやくだよ。」

おじいさんが、やくをきめてくださるのをきいた、一ばんちいさいまさ

こちゃんは、

「あたしはなんのやく。」

と、さいそくしました。

「まさこちゃんはみてるやくだよ。」

まさこちゃんは、みてるやくになりました。

にわとりは、まいにちあさはやく、ときをつくります。それをあいずに、けいこちゃんたちはとびおきます。にわとりは、まるでとけいをもっているように、きまったじかんにときをつくります。

あるひ、まさこちゃんはいいました。

「おじいちゃん、とりはとけいをここのところにかくしてるのよ、きっと。」

と、じぶんののどをおさえました。

さあ、にわとりはとけいをかくしているのでしょうか。

お母さんのてのひら（母親的手掌）

私のお母さんは田舎の百姓女でした。お天気さえよければ鍬《くわ》をもって畑をたがやしているか、鎌をもって山へ薪《まき》つくりに行くか、とにかく働くことのすきなお母さんの手でした。

お母さんは時々自分の手を眺めて感心していました。ふしの高い、ゆびの太い、皮膚のかたいお母さんの手です。でも、そのお母さんの手がとてもやさしくて、器用で、えこひいきがなかったことを、私は知っています。私が病気をしたとき、お母さんの手が背中や手や足やをさすってくれると、私の病気はだんだんよくなってゆきました。その手のやさしかったこと。それからお母さんは私たちにお手玉や、手まりをつくってくれたこともあります。

お手玉の中には小豆を入れ、手まりは色糸でかがってくれました。その器用でしんせつだったこと。

いつかこんなことがありましたよ。ある日曜日に私は弟と一しょに山へ薪をしょい出しにゆきました。もちろんお母さんとも一しょです。私の生れた村は、瀬戸内海の小豆島の中の小さな村なのです。小豆島は島の真中に神懸《かんかけ》山《やま》とそれにつながる山々がどっかりとすわりこんでいますので、そのふもとに暮している人々は、山坂をのぼって薪をとりにゆかねばなりません。たいらな道を車をひいて通るのとちがって、この薪出しは、苦労な仕事の一つでした。それは大昔から、今日までつづいているのです。山は家から四キロもはなれた遠くでしたので、道中で一度ぐらいおやつが出ます。おやつは布の袋に入っていてお母さんの背負い子にくりつけてありました。

「お母さん、あれ」

私たちがその袋をゆびさしてねだりますと三度目ぐらいにお母さんは袋の

口をあけてくれます。柿だったり、栗だったり、やいたおさつだったり、お母さんはそれを同じようにわけてくれました。それなのに私たちは自分の分け前がもしや少なくはないかと眼を光らせて、お互いにくらべ合せました。そして時にはじゃんけんで分けたりしました。

　その日のおやつは、そら豆のいったのでした。お母さんが袋の中から一にぎりずつとり出してくれたのを私と弟は、多いだの少ないだのと言って、もんくをつけました。

「数をよんでみな。少ない方にそれだけ足すから」

　お母さんにそう言われて私と弟は、ひい、ふう、みい、と数えました。両方とも二十八粒です。私も弟もすっかり感心して何にも言うことが出来ませんでした。何というえこひいきのないお母さんのてのひらだったことでしょう。

「まるで桝《ます》ではかったようだね」

「うん、お母さんの手は枡なんだよ」

私は今でも時々思い出しては、自分の手をながめてみます。

とりの　くちばし（鳥的嘴）

すずめの　くちばしは、三かくで、とても　じょうぶです。すずめは、おこめのような　かたい　みが　すきですから、じょうぶな　くちばしが　ないと　こまります。

うぐいすの　くちばしは、つよくはありませんが、とがって　います。うぐいすは、やわらかい　虫を　たべますから、くちばしが　ようじのように　なって　いると、つごうが　いいのです。

わしの　くちばしは、するどく　とがって、下へ　まがって　います。わしは、この　するどい　くちばしで、とりや　けものの　にくを　ひきさいて　たべます。

あひるの　くちばしは、ひらたくて、ふちに、はのような　ものが　ならんでいます。えさと　いっしょに　口に　入れた　水を、ここから　そとへ　しぼりだすのです。

ペリカンの　くちばしには、大きなふくろが　あります。ペリカンは、およぎながら、さかなを　すくって、このふくろに　入れます。こどもの　ペリカンは、おかあさんのくちばしに　くびを　つっこんで、ふくろの　中の　さかなを　たべます。

五十本の　手（五十隻手）

よしだ　きみこちゃんは、クラスいちばんの　あまえんぼうです。

「きみこちゃんばっかり　ずるいわよ。」

ほかの　ともだちが　おこっても、しっかりと　つかまって　いて、はなれようとも　しません。

そこで、うけもちの　きむら先生は、すこし　きつい　こえで、きみこちゃんに　いいました。

「先生の　手は、二本しか　ないでしょう。それなのに、おともだちは五十人ですよ。先生の　手が　五十本に　なるまで　がまんしましょうね。」

きみこちゃんは、かなしそうな　かおを　しました。それでも、ぶら下がる　ことは　しない　子に　なりました。

それから　四、五日　たった、ずこうの　じかんでした。じゆうにすきなえを　かく　ことに　なりました。

どの　子も　ぶつぶつと　ひとりごとを　いいながら、たのしそうにかきました。かきあげた　人から　先生の　ところへ　見せに　きました。

「きみこちゃんの　えは、なんの　えかな？」

先生は、くびを　かしげて　ききました。

がようしの　まん中に、パーマを　かけた、女の　人の　かおが　かいて　ありました。

その　かおから、四ほう　八ぽうへ、なん本も　せんが　ひいて　ありました。せんの　先の　ほうは　まるく　ぬって　ありました。

「あのねえ、先生の　手が　五十本に　なったの……。」

きみこは　はにかみながら、いいました。

五十本　ちゃんと　かぞえて　せんを　ひくのは、たいくんだったのでしょう。けしごむで　けした　あとが、くろく　よごれて　いました。

先生は、ちょっと　かわいそうになりました。

その　日から、「さよなら」を　する　とき、ドアの　ところに　立っていて、ひとり　ひとりに、「さよなら」の　あくしゅを　する　ことにしました。

きみこは　よくばって、りょう手を　出して、あくしゅを　しました。

どの　子も　うれしそうに、かえって　いきました。

先生の　手には、みんなの　においが　のこりました。

おっぱいの　においにた　においでした。

きみこちゃんは、かなしそうな　かおを　しました。それでも、ぶら下がる　ことは　しない　子に　なりました。

ぞうの　はなは　なぜ　ながい
（象的鼻子爲什麼那麼長）

ぞうの　はなはね、
はじめから　いまのように　ながくはなかったのさ。
むかし　むかし、ずうっと　むかしは　みじかくて　ながぐつみたいなかたちだった。
ものを　ひろうなんて、
とても　できなかったのだよ。
その　ころ、みなみの　くにに　一とうの　ぞうの子が　いた。
この　ぞうの　子は、めずらしがりやで　たいへんな　しりたがりや。

わからない　ことは、なんでもきいて　まわった。
「だちょうの　おばさん。どうして
おしりの　はねが　ちぢこまって　いるの。」
「ばかね。へんな　こと　きかないでよ。」
おこった　だちょうは、足で
ぞうの　子を　ぴしっと　たたいた。
「いたいなあ、おばさん。」
「きりんの　おじさん。どうして　からだに ぶちぶちの　もようが　あるの。」
「あるから　あるのさ。この　子ぞうめ。」
きりんも　足の　つめで、ぞうの　子のおしりを　つきとばしました。
「いたいなあ、おじさん。」
かばに　あうと、こう　たずねた。

「どうして　目が　赤いの。」
「かばなら　あたりまえだろう、ばかばかしい。」
かばも　ふとい　足で
ぞうの　子を　ばし！
「いたいなあ。どうして　みんな、ぼくが　きくと　ぶつんだろう。」
それでも　ぞうの　子はしりたい　こと　だらけさ。
ある日、ぞうの　子はメロンを　たべながら　ひひにたずねた。
「おじさん、メロンは　どうしてこんな　あじなの。」
「そんな　こと　わかるかい。」
また　足で　ぶたれた。
それでも　ぞうの　子は、まだ　くびを　かしげた。
その　とき、ぞうの　子は　まだ、わにを　見た　ことが　なかった。

「わにって　なにを　たべて　いるの。」
きいて　まわったが、だれもおしえて　くれない。
やっぱり　たたかれて、
「いたいなあ。」
ところが、それを　見て　いたころころどりだけが、そうっとおしえて
くれたんだ。
「大きな　みどりの　川へ　いって、さがして　ごらん。」
そこで　ぞうの　子は、わにを　さがしに　出かけた。
お日さまが　かっかっ。
あたまが　じりじり。
みち　みち、ぞうの　子はメロンを　たべ　たべ、のどを　うるおした。
のこ　のこ、とこ　とこ。

ようやく、ぞうの　子は、大きな　みどりの　川についた。

きしべに　まるたんぼうが　ごろん。

まえ足で　ふんずけたら、

「う、うーっ。だ、だれじゃ。」

まるたんぼうが　ぱらっと　目を　あけた。

「あっ、まるたさん、おこして　ごめん。この　あたりに　わには　いませんか。」

まるたんぼうは、「うふっ」とわらった。

「わになら　おれだよ。」

ぞうの　子は　びっくりさ。

「あなたが　わにさんかあ。」

目を　ぱちぱちさせて　たずねた。

わにさんは　まい日、
なにを　たべて　いるの。」
「ちょうど　いい。きょうはおまえに　しよう。」
いきなり　大きな　口をあけて、ぞうの　子の　はなをがぶっと　くわえた。
「あいた、た、た、た。
はなして　くれえ！」
「はなす　ものか。」
川に　ひきずりこまれてはたいへんだ。
ぞうの　子は、おしりをじめんに　つき、
「はなせ、はなせ。」
と、ひっぱった。

わには　はなさない。
はなは　のびる。だんだん　のびる。
どてから　へびが
かけおりて　きた。
「わにに　まけるな。てつだうぜ。」
ぞうの　子の　足に　まきついて、
「そら　ひけ、はな　ひけ。」
いっしょに　なって、ひっぱった。
わにも　ひっぱる。
はなは　のびる。ぐんぐん　のびる。
すっぽーん！
はずみで、ぞうの　子は、あおむけに　ころがった。
よかった！　はなが　ぬけた！

でも、ぞうの　子は　こまったよ。
はなは　のびたまま、
ぶうらり　ぶうらり。
水に　つけても　ちぢまらない。
いくら　まっても　ちぢまらない。
すると、へびが　いったんだ。
「ながい　ほうが　いいさ。
たかい　ところにも　とどくし、
ひくい　ところにも　とどく。
水あびだって　できるだろう。」
「あっ　そうか。」
ぞうの　子は、足もとの　くさをはなで　むしりとって、口に　入れた。
たかい　木の　バナナを　はなでもぎとって、

「ああ、おいしい。」

それから、

「へびさん、ありがとう。」

にっこり　わらって、かえって　いった。

ぞうの　子の　はなは、

すてきな　はな。

ほかの　ぞうたちは、

うらやましくて　たまらない。

みどりの　川の　わにに　たのんで、みんな　はなを　のばして　もらったよ。

ぶうらり　ぶうらり。

ぞうの　はなが　ながいのは、この　ときから　なのさ。

京都八年

姚巧梅 著
定價 180元

留學京都八年的姚巧梅寫她在日本第一古都—「京都」所遭遇過的人，經歷過的事。作者把「京都」視爲第二故鄉，京都可以說是她青春的整頁，人生最美好的黃金歲月都在京都度過，對於京都的愛與戀，深深烙印在這本文集中的每一頁、每一行、每一字，本書是作者深入觀察、體驗日本社會後的結晶。

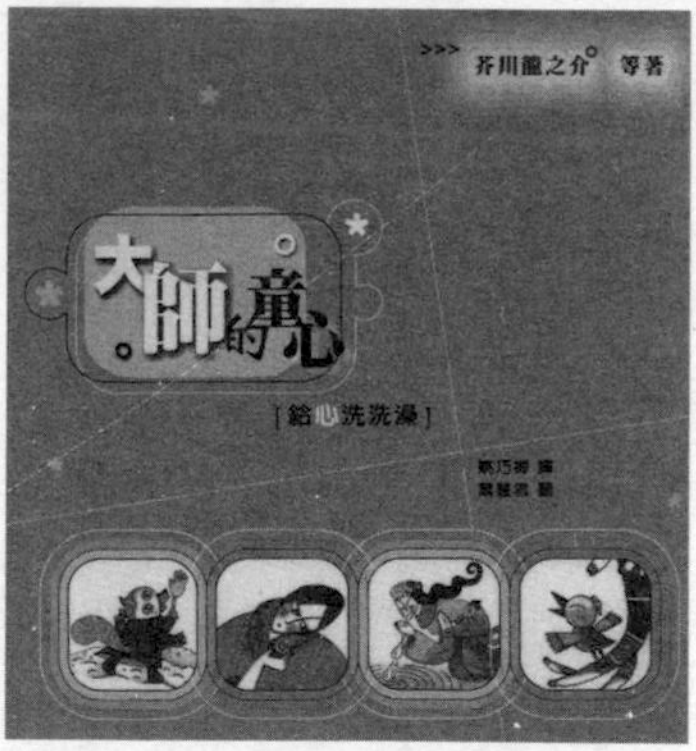

大師的童心
—給「心」洗洗澡

芥川龍之介等 著・姚巧梅 譯
定價 250元

大師的童心是一本許多著名作家的童話集，童話是大人說故事、說溫馨、簡潔、童趣，如眞的故事說給兒童聽、兒童看、可見得童話集不只是透過插畫來提供更多的趣味與想像空間，本書是一本文字與插畫都非常輕鬆、優美的書。在紛擾競爭的社會裡就連大人都會找來看看，大家一起來給心洗洗澡吧。

國家圖書館出版品預行編目資料

日本作家 たちの 童心／芥川龍之介等著；
姚巧梅編. - 第一版.
--臺北市：大地, 2003〔民92〕
面； 公分. －

ISBN 957-8290-75-6（平裝）

855 92000256

日本作家たちの童心

作　　者：芥川龍之介　等著
插　　畫：葉慧君
創 辦 人：姚宜瑛
發 行 人：吳錫清
主　　編：姚巧梅
美術編輯：黃雲華
出 版 者：大地出版社
社　　址：台北市內湖區內湖路2段103巷104號1樓
劃撥帳號：0019252－9（戶名：大地出版社）
電　　話：(02)2627－7749
傳　　真：(02)2627－0895
E-mail：vastplai@ms45.hinet.net
印 刷 者：久裕印刷事業股份有限公司
一版一刷：2003年2月
定　　價：180元

大地大地大地大地大地大地大地大地大地大

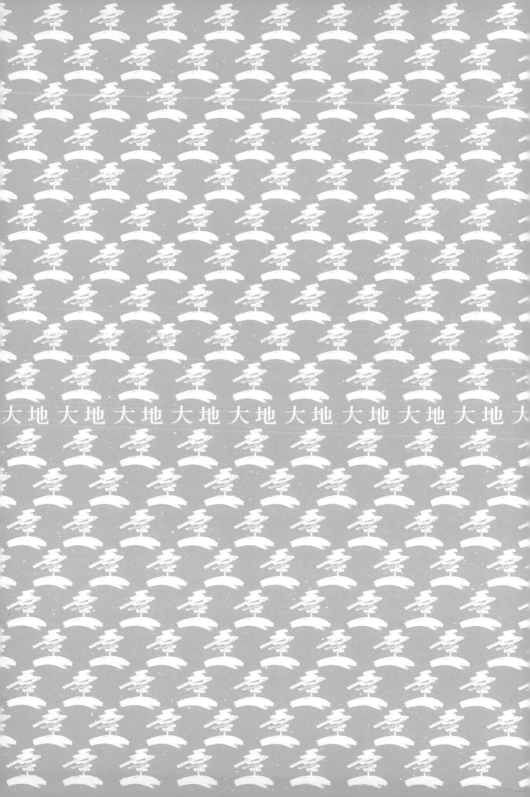